WOMEN GEZHE

我们隔着

MIANHUATANG BAN DE SHIJIAN

棉花糖般的时间

吴 荻

西南交通大学出版社

·成都·

图书在版编目（CIP）数据

我们隔着棉花糖般的时间 / 吴荻著. —成都：西南交通大学出版社，2018.1
ISBN 978-7-5643-5770-2

Ⅰ. ①我… Ⅱ. ①吴… Ⅲ. ①诗集－中国－当代
Ⅳ. ①I227

中国版本图书馆 CIP 数据核字（2017）第 227930 号

我们隔着棉花糖般的时间

吴 荻 著

责任编辑 杨 勇
助理编辑 宋浩田
封面设计 严春艳

出版发行 西南交通大学出版社
（四川省成都市二环路北一段 111 号
西南交通大学创新大厦 21 楼）
发行部电话 028-87600564 87600533
邮政编码 610031
网址 http://www.xnjdcbs.com
印刷 四川煤田地质制图印刷厂

成品尺寸 148 mm×210 mm
印张 8.375
字数 173 千
版次 2018 年 1 月第 1 版
印次 2018 年 1 月第 1 次
书号 ISBN 978-7-5643-5770-2
定价 36.00 元

谨以此书献给

汤仁萍　　　女士

献给

吴显统　　　先生

自序

当夜深人静的时候，总会觉得自己像一粒透明空灵的萤火虫，如十七岁仲夏的那个夜晚所看到的那些萤火虫一样。

深夜，心里的一丝安慰是：人类总算安静了。就像宫崎骏所说的要活到人类被淹没的那一天。

我们总能安慰自己，一切不算太坏。种种短暂的美好、未验证前的誓言、未熄灭的温暖，让人们在黑暗中有所平衡。

幼年时代，华灯初上我放学回家，七岁的我竟然刹那间感受到作为个体的人类的孤独。随着时光流逝，百转千回，上下求索，我不停地奔跑，跌倒爬起来，爬起来再跌倒，暗自觉得我的使命是追寻爱和美。

可是到后来，对爱和美的追寻，这样的无休止的欲望，算什么呢？何时是尽头呢？

生命到底算是什么呢？

我们这些历史的尘埃，那么轻，那么纤小。在宇宙时空中，连一个微颤都算不上。

曾经觉得，以个体的纤弱对抗生命的虚无，是我们存在的意义。可是有意义或无意义，又能算什么呢？

那么，踽踽独行中，一点小点缀。

像透明的蛹，我一点一点地走过来。我面对它们，面对生命的印迹，那些撕裂、那些痛苦、伤害和破碎，那些甜蜜与扭曲，苏醒与迷茫。

写着这些小字，我是那么纯真，那么自由，那么静观。像小时候，有了什么想法就真实地记着，或是说给人听。像小时候，那么快乐。

尽管在歌词和诗歌上打着旋，在公交车上、不知所云的会议中、深夜里，我享受这样大美的自由。它们确是生命中的陷阱、圈套或礼物。

感谢彭晓英对本书的排版所做的贡献。

谨以此书

献给我爱的，献给爱我的。

2011年12月27日

目录

微云

在新城和旧城之间
不经意
就过不去了
天色已晚
断断没有了时间

石桥趴在水里
什么也不说
沉默的灰色的弓

时光总是吹拂
微云掠过刘海
毛皮没有了色泽
缓缓呵出淡淡的一团

叮咚作响的铜钱
隐藏在天边
油炸或清炖弥漫的屋檐
人们需要一棵青菜

像你
捧着碗发呆

2011 年 5 月 11 日

我们隔着棉花糖般的时间

我还记得
铅灰的楼顶落着雪
贫困的街巷
孩子们没有糖果
日子不太好过
巷口的烟火摇落了她
虚弱的身体
点燃了人们的失落

帽冠上有星辉
有些冷淡的星星跑到天秤上
有些滑落脖颈
用大腿弯温暖冰冷的脚尖
独自粉红的催眠

没有红色耳套的老太太
过不了这个冬天
衰老的冬夜
你已不能回答
一些无能为力的问题

有时只能挖出狭窄潮湿的槽
冬季能躺在里面
啃一口莴瓜

突然闯入的冬雨
还是要砸下来
偶尔兴起的小盖头
探出头来遮挡一阵
有时一个生命
是冬天的发热体
有时冰冷的身体
要当发光体

你闭上眼睛
渐渐的
一切都不太实际起来
两只船
荡出宝蓝色的距离
就像我们
隔着棉花糖般的时间

2011年2月23日

《我们隔着棉花糖般的时间》110 cm×170 cm 布面油画

即使是小晴天

胡桃核的膜瓣
拥有很多旋转门
小小碎步的春天
她们开始了打扮

舞会上的灯光迷离耀眼
穿梭的歌女 酒 香烟
你抖抖花冠
把自己推开很远

也许并没如愿
你掸掸
外套上的花粉
覆盖铠甲的蔓延
让你心安

夜不晚

没合上的半圈
一直遥远

银色的圆
去了如画的天

小晴天
相对宽厚的脸

撕裂的蜜橘手边
香芒末的慵懒
抖掉猪排上的盐
下咽

一点甜
面对尖利的喙

2010年4月22日

在成都感受地震

当孩子们与大自然永生
张开嘴的石块垂下
曾在天空中比划过的华丽誓言

物体和人膨胀而又压抑
人们在楼上或楼下同样不安

这是一个浸泡在海绵里的夏天
医生拿起蘸满心事的棉球
小女生和我争论先救人还是大熊猫

一只被缠绕着的手臂占据着时空
她在摇晃的楼里化好妆

工程师拨开绿色的人群
在指定的星状格子里落下一粒跳棋

人们忧伤地举起鱼网
想起南方瘦弱的小马

与长脸长胳膊的北方结合
想起死亡与玫瑰风尘仆仆地在身上踩过

意识到的存在　把空气揉进脑袋
午夜来了
脑袋里疼痛的蚯蚓来了

2008 年 7 月 7 日

我这里白雪皑皑你却看不见

壮族小伙
送给我一包大白兔糖
我嚼着它
一天又一天

厚厚的涂层又剥落
阿飞拽着侗族大歌
满脸是油地解释
贴吧里有人求她年轻时的书

我也坐过牢
你也坐过牢
这样大家就习惯了

生日　圣诞　情人节　春节
来了又走了

这奇幻是正常的

没有什么特别意义

你想要的
软软糯糯白白的
就那么漫不经心的

在你每个勤奋的早晨　中午和晚上
一转眼
在宇宙之外
想象不到的地方

他们
在软软糯糯

白白的

在一起软软糯糯

2015 年 3 月 5 日

胡笳十八拍外

父辈们收起簸箕
夏天里晾晒的苞谷
有时铺在公路上
有时被鸟雀啄走

再逼真的稻草人
也吓唬不了它们

也许
稻田深处
是你
灼灼的目光

滚滚稻田
我们在异形图画的中央
喝着一个
军用水壶

你的母亲再也不会

喊你回家吃饭

你在稻田的中央
稻田滚滚的波浪

2014年8月18日

拉小提琴的少女

我都忘记了
是哪一天
膝盖上堆满了大片大片
花岗岩似的
云朵般的
疤痕

小风车是彩色的
她贴着她的唇
她是扎马尾
大耳朵的

你小时候
撕开了
那一只只蜻蜓
腥味的棕褐色的肢体
摆在大石头上

被蚂蚁搬走
一群一群稀稀落落的蚂蚁

大的黑的是
蚂蚁卫兵的队长

蜻蜓的翅膀
是网络状的
这黑灰的
透明的网络
像现在的这个少女
她低下头
用小提琴拉出的
黑灰的
琴声

2014 年 6 月 18 日

《沧海月明珠有泪》110 cm×160 cm 布画油画

脑震荡

坐在教室
胡乱写字的下午
把拨浪鼓似地摇晃
安定下来

多少个徽章
你用旧色斑驳换回来
大办公室桌的玻璃下
有一只硕大的
压平的粉蓝蝴蝶

你透过麦芽糖
看呼啦啦旋转的
彩色纸做的小风车

你口若悬河
分割镜头
可以处理
转戾点

信息以及节点

魔戒里的咕噜
撕碎了你的脑袋
你的指甲里
嵌满了洗铁锅后的
黑色铁垢

洗碗池里
无数细碎的黑色铁垢
旋转着滑向
水池的深处

2014年4月10日

薇安塔

他用卷叶虫点了一根烟
车库水泥地面上的印迹
他已记不清

他拍下地面号码
在塔子压着的地下车库
盘根错节的楼梯

俏皮的牛仔帽
苏醒抑或逝去
她的肩膀高悬
她的步伐
青春稳健
然后张望

LOSER
要不没有时间
我应该知道
你缄口不语的

客气
像他蓄意按下照片
像你跳动的眼神
像埋伏着的墨鱼
像秋日的夜晚

你种下咒语
像冷风广场里
夹屁股的宽缝木条长椅

幻彩的泡泡
飘过薇安塔

我知道
它也飘过
你独自回家的
车边

你开着车
多少个
玫瑰斑驳的
南方夜晚

驾驶着
肥皂泡的空气
空气中的
肥皂泡

2014 年 3 月 16 日

洒满满天星的山坡（Baby's Breath）

他　跑向山坡
摘下狗尾草
编　一个草戒指

你　淡淡一笑
每个角落
都有太阳的亲吻
每个小镇
都是康乃馨色泽

你　轻轻系上围巾
迎着风
洒满满天星的山坡
远处航船

收到了旗语
你的拥抱
like baby's breath
阳光山坡
like baby's breath

她　在小格子里
像粒葵花籽
甜甜地睡着了

你　淡淡一笑
香气飘散
门前摇曳的铃铛
脉脉的花
殿堂里散步的猫

你　轻轻系上围巾
迎着风
洒满满天星的山坡
远处航船

收到了旗语
你的拥抱
like baby's breath
阳光山坡
like baby's breath

2014 年 1 月 9 日

不为什么

人们若无其事地
春意盎然
树木　房屋　衣服
有了铺垫

在有流星雨的夜晚
大人和小孩
并没有停下来

电影大厅
幻彩射灯照耀
温室植物崎岖枝干
冬天总有冷风割脸
树枝和冷风……

博物馆锁着掉皮的汽车
玻璃内外区别并不明显
黑漆漆一团
什么都可以粘起来

你的旗帜破碎宽大
远方连着远方
牵我的手

走到永远
抚摸我的脸
默然永远

当你一个人
找到一个湿漉漉的地方
安静下来

找到一些马
总是太喜欢
也许一切都不算太坏
也许一切都
不算太坏

2013年12月19日

卷叶虫

卷叶虫被揪了出来
从他蓬松松的壳里
像支雪茄般的壳
他自己
就剩下那哆哆嗦嗦的一段
被枯叶卷着
像你浸泡过的紫色眼袋

你闻到指尖的腥味
是那天
才有过的么
像那只猎狐犬
毛茸茸乱糟糟的毛
一样不真实

像电影里的张望
划出的弧线
慢慢淡出
像是中了蛊的人
青草味的诅咒

内脏分离的人
有时是你的掌灯人
让你记得你就是
残疾的鸟

在你飞天之前
他摸摸索索
掏出一双袜子
离开
肥壮的咚咚声
摇响整个砖瓦楼

那天
你骑着摩托
表演飞天
直接从巨型桶壁掉下来

袜子的毛边
绿茸茸的
像电影里好看的
弧线的光的边

像旧时光里
你收到的
牛皮纸的信封
撕开的毛边

那天

2013 年 12 月

水花

如此绚烂的空洞之果
硕大的
我抱着它
在十二月的风里
活力四射的青年在远处喧嚣

这是最好的回答
我种下的
诗人躺在了铁轨上
像永不反悔的恋人的臂弯

全身崩裂
什么都是云朵般的
像你喃喃自语

重锤砸在铁饼上
最后一次
云端幻想

是我种下的

游动的鱼能猜想得到
水草般的回应
那个十二月
你故意不看的
小猕猴被揭开头盖
脑浆涂在玻璃船上
你的双手沾满鲜血

而后
其实你甚至
舍不得踩坏一朵
水花

2013年12月9日

一个冬天的节令后

素不相识的同盟军
在十点
不约而同登陆
大浪涌过了甲板
轻快的双眼直至花白

两块汉堡
夹杂着疼痛的口哨
升级后的舞台
每天过着圣诞节
华丽而相合的人
对望而唱

早起的人们
穿上衣服离开
月下你谨慎工作
石桌旁泛起了青光
你睁大了眼睛

停留

鱼或者龙的形状

2013 年 11 月 28 日

秋天的午后我醒来

空气中
鳞片　麒麟　口涎
轻悄悄别过身去
青葡萄的季节
摩登的转椅与我无关

你错错落落
埋葬一场又一场
不同的鸡蛋和青椒
售货员从称秤的糖果盘里
抓出几粒

你会知道
会越来越凉
你只是一个很老的干枯的人
空洞地坐在帷幔的屋内
而我
被骄傲地带领着
作为梦里的小说里的章节

电影里被爱惜的那个女主人

蓝色蝴蝶
落在你肩膀

2013 年 10 月 16 日

如果是真的就可以

远处煮着一锅杂碎汤
它白翻翻的滚开了

赶不上的青春
紧紧触碰包裹着的皮囊
这一刻是真实的

我为你而来
那宰下的祭奠的头颅

你在金色殿堂的那一端
冷冷地看着
找到了
审判它们的
薄如蝉翼的卷宗
我为你而来
我们踩到的那些
白茫茫的
松散的经络

它们一格一格
并不确定

下一秒
就会
踏空

你告诉我
你的近卫军
他们
并不可悲

你总是
白茫茫地在演习
绕着操场一圈又一圈
没有尽头

而我的声音
一点一点地低沉下去
你躺在病床上
手指动了一下

2013年10月7日

连株荨麻

也许我为你而来
你看你为我切的薄片
他们整齐帅气地站在那里
凌晨四点
夜里的闪电把我烧焦

我只能把你
连根拔起

茱萸之地
连绵的天鹅
刺破的双手
织不了荨麻

我把我的懦弱
卷成糯米紫菜卷
咽下
原谅我不能回望
我哆哆嗦嗦
此刻只羡慕那些

迷糊的双鱼类

我不敢触碰
那些弹性温柔的护栏
像孩子似的吮吸
默契绵延

浩大的苗圃工程
只有电影里有吧
深夜你只能独自去游泳
把泪滴在水里

我们还来不及
一起站着
去看动物园里
长颈的梅花鹿
你一会儿起身
一会儿没了主意
像谁在仇恨的高地站着
像四肢被线扯着
像一个古老的传说
像珠玑一般的烟云

2013 年 10 月 7 日

嫁衣

你撞撞跌跌
震后的地点
你拿着湿纸巾
从水墨的山上下来
草纸　卷筒纸　塑料薄膜
雨点般的命运
从山顶上砸下来
砸在眼球上

你翕张的嘴唇
我知道没有
一只有力量的大象
卷走孤独的陶乐
你瘦削坍塌的肩膀

被马蜂蛰后肿胀起来
来吧
电闪雷鸣的雨夜
讲一个冷笑话吧

你别过
抖动着的五彩羽衣
粘着雨水的眼球
像水塘里
上下浮动的灰色皮球

2013 年 6 月 19 日

《童话里的事》100 cm × 80 cm 布面油画

最后一次

他举起手掌
手指很整齐
这个夏夜
我们让电扇优雅地旋转

关于远方的奔腾小马
关在你肚子很久了
折腾得你想吐

你捂得住你肩头的星星么
灰蓝色的流水声
暂且盖住了
惊慌的痉挛

每一次跳跃
想到是最后一次
你于是
盘根错节地
腹痛

氤氲的莲花

在烟锁的重楼里

是在开的

我知道他告诉我的

并不是他

真正想的

你扑倒在她的坟前

若希

一千遍

2013 年 6 月 6 日

酷暑

长满菌类的肚子和手
掀开油漆盖
拖着轮子
在我的夏天走过

人们又开始了生产
掐掉的深绿新菜
断裂茎的齿轮
像什么咬着你的牙印

你我感觉到
这样的结局
像等了很久

写粉子的陌生人
告诉我
认真的诗人
是练气功才卧轨的

太阳底下

你的冷静如此惶惑
像呀呀少年
用夭折来安慰你

2012年8月15日

柔软的玻璃

早晨
你掀开
玻璃的密封罐
细弱的方糖早已潮湿
多么松软的牛奶
黏糊着杯边的唇印

缩短怔忪的惆怅
搭最快的车
像小的时候
独自在角落
举着一块
淡棕色透明的牛皮糖
透过阳光

有时
当你拽着车的方向盘
想着
很早以前

打开的一盒饼干
撕开的发亮的包装纸
你想
是不是该找个木夹子
像遗落在深井里的麻绳

你高高举着
扎着创可贴的手指
还好有康夫过来给你吹气
过路的肥猫还翻翻你的胶布
就像小静有时候
在夏天
会带给你一块雪糕

透过柔软的玻璃
我看到你
一语成谶的笑容

2012 年 7 月 29 日

霈雨

以超光速来琢磨
大雨
敲击蜗牛的壳

大雨
砸在蜗牛
透明的肉质上

蜗牛在行军的队伍里
透明的往事飞溅

绿莹莹的
钢盔
一朵朵的蘑菇
在雨中飞溅
大雨砸在斑马线上
大雨敲击

水泥墙

大雨

敲击

炼砖的大窑

大雨

敲击

电塔架

大雨

敲击

一粒子弹

大雨砸在我耳朵上

我什么也听不到

2012年1月18日

卷耳

你去远方
行李像积木

涂鸦的方式
是短暂的整齐

一个人对着太阳
过去的一个下午
很整齐

火炉脏兮兮
围坐年迈的父母
只是谈话
不能继续

有期限的金鱼
浮到水面

纤细的泡沫
多整齐

纤细的卷耳

多翠绿

多整齐

2012 年 1 月 18 日

守牧人

黑黝黝的猩猩
用厚厚嘴皮
拱下树上的果子
今夜
我是你的守牧人

羊群
颠颠跛跛
转下了山坳

月亮挣脱
千头万绪
幽蓝色的网
乡下小屋
放牧人喝下
尖头红辣椒熬的汤
大蒜　啤酒
硬邦邦的面疙瘩
猎枪口

飘一缕烟
皮衣扔在沙发上

水泥搅拌机
搅拌水声
也许
我从清晨出发

我在路边
玩一堆拼图
我看见了你
我就看见了太阳

2011年10月6日

茵特拉

当她拖动璀璨长裙
茵特拉
慢慢搅动
杯子里
牛奶　草莓　奥利奥
几乎闻到了
香草的香
甜南瓜的安慰

明天
不用去闯关
不用骑
随时保持平衡的
危险的
单车
明天
没有嗡动的利齿
镶嵌的肉粒
明天和星期天一样

没有谁来看她

茵特拉也许是一条河
像一条河撞见了星云
倾泻了流苏
像耳畔
不同人演绎的
那一首老歌

当灯塔照亮了尘埃
当母亲催促她跨上战马
冲出城堡
当她争夺那枚徽章

灯下阴影很暗
灯塔与灯塔之间
太过遥远
她依旧扛起了枪

抹一把泪
送信的鸟儿走漏了消息

茵特拉

风雨中的咖啡馆

摇摇欲坠

茵特拉

抱着吉他

扶云梯盘旋而上

茵特拉

抛下长锚

暗夜迤逦而来

2011年8月15日

一抹

揉碎了一粒石榴籽
莫名的汁水

垂下的珠帘
往后漾

这一季
是滴血的琥珀石
和烧焦的孔雀尾

衣襟胡乱地打着一团
臃肿的结

薄薄的灰蓝暮色里
她擦着玻璃门上淡淡的痕迹
像纸上浅浅的水渍

就像她一个人
在冬天的超市里

挑了很久的
袜子和
手套

像她
在城市的胡同里
一个人
骑了很久的
单车

2011 年 7 月 31 日

他和冰糖葫芦

晶莹的口水
滴落到冰糖葫芦上
厚拙的唇齿间
留下破碎的糖面
破碎的糖面
是从天而降的网罩

就像某一天
梦到一串串悬挂着的红蜻蜓
和梦到
张开血盆大口的蛇
没有什么不同

就像某一天
风吹破了他的皮肤
戴安全帽的
和画图纸的
并没有什么不同
那堆像屎又像云的茶杯旁

他铺着声势浩大的

笑

和水雾下

一只弱小的豆芽

没有什么不同

2011年7月17日

咬手指

城外
藕荷色的
风
忽然
就没了形状

白熊叹口气
走掉了
你蜷在那里

我只能为你
做一块
白色的
攥在手边的云

被皱纹压碎了
压碎了

2011年5月16日

月夜

他摸上阁楼
胖嫂子
像一杯奶茶
她戴了副眼镜
柔软得像朵棉花

他掐掐自己的脸颊
懊恼
像鸡蛋饼一样
贴在自己的胸膛

月夜
他情有独钟
狼人伸出利爪
他露出微汗
她不再嚷嚷

月夜
玉兔认真地

捣起枣泥来

当他
牵起她的手
一切都安静了

他黑色的小本子
密密麻麻地挤满了

月夜
茶杯里的茶叶
舞蹈着
落了下来

2011 年 5 月 12 日

绯云

他涨红了脸
甚至不敢
多看她一眼
交叉的纽扣
蓬松的裙裾

此刻
樱桃正艳
花儿轻轻一碰
便酥软了蕊

当他问起你
袅罗的香

当他问起你
一颗旧的果核

当他问起你
你扬起的小脸

当他问起你
落塔下的轻风

2011年5月11日

blue fog

倾泻的瀑布
越来越焦躁的声响
青荇厮守在两旁
很快
很快 它们就被
望到了尽头

望到了尽头的人
穿着红色背心
在不停地咳嗽
在炭火边不停地咳嗽

城里
人们在自转　旋转　跳跃
山间
人们刨根究底
蠢蠢欲动

他在悬崖绝壁里
拣到一团蓝色的雾

他开始愁眉不展
而后
忘记了她

在另一个午后
他心不在焉
他又开始犯愁

2011年5月9日

《寂静森林》布面油画 150 cm × 120 cm

白色起义

飘带之上的白色头颅
伞下的无丝雨
攫住曼妙的脖颈
借着白色的名义

他能捧起白色瓷缸
他能独自在墙角玩耍
他能自己缝衣服
他能自己穿鞋
他能造机器人
他能……

巨大的森林再次走失
碧波扬起的意味
是的　在古代
暗自回旋的步伐
徘徊在门外
支撑着手提线木偶
一小片花生皮的碎屑
掉落下来

被惨白嚅嗫

他手舞足蹈地
描绘出规范的金字
像往常一样

贪婪涂抹后的
几支短小蜡笔
丢弃在又新又皱的盒底

还是那只蜘蛛
盘踞在白色织体上
在自己的口水中打转
阴沉地捕捉猎物
未知未觉

2011 年 3 月 23 日

元旦

你照了照镜子
阳光把你间离得很不真实
缩在墙角的你
很不真实

四川乡间是蓝灰色的
城市里是灰蓝的

有时你也夸张地舞动
不太成熟的技巧

而成熟
已像红墙后的大钟
习惯性地数着
摆臂的路数
银色的雪
撒在路上并不结实
你磨磨蹭蹭
最后还是狠了心

在墙角挖了一个小洞
塞进一个彩色的铁盒
里面的东西
你也会忘了罢

不会忘了吧
黄卷卷成青瓦
岁月还是会摩挲
掉下的那滴晶莹的柔软

2011 年 1 月 4 日

樱桃红了

当孩子们露出
大人们才有的
倦怠凶光
你躲到疯狂的柱子后面
太仔细了

当你在城市的五环外迷路
想起偶尔留意到的
白色的灯的树
想起你唇边
坚硬的幼儿茸毛

想起你
短暂无糖的
城市果子

你的硬币比起小时候
要多出很多
那大朵的桃花
却变成铁铊砸下来

在镶着金边的荷塘边
任何声音
都坚硬地飘落
任何绿色的眺望
都被
即将飞驰而来的地铁
塞满

你好像
早就忘了那些
荒唐稀疏的午后
忘记了
乡间奔跑的龙猫
忘记了
带泪的星星草
你能决定
每个
恶俗或优雅的瞬间
像永不醒来的茧壳

红了的樱桃树边
我只放了

一把小铁锹

我其实是想
在郊外路边
废弃的水泥管
曾经的两小无猜
寻找　童年走失的
那只
丁丁猫

2010 年 6 月 27 日

她的马和一小簇花

暮色中
她被人们拖出来
拖到地上
很多个阴霾天气中的一天

城市里
有灰尘和砂土
钢筋楼房　电器　工业化
没有十字架
这只是人间不是墓地

冷漠的火炬
它们是它们的

它们在各处
在城市或农村

街角路边　黑暗里
吃着烧烤　喝着啤酒

它们抱着牌匾
抱着铁钱

2010年2月26日

新年快乐

金色的蝉翼
包裹一颗种
金色的蝉翼
包裹干瘪的蛹
金色的蝉翼
包裹干枯的花朵
金色的蝉翼
包裹苦瓜的梦

一串串金色的风铃子
四面八方的人们
似曾相识地数着
十九八七……

新的一年
你越来越稀疏的眉毛
你已明白

你遥远的海边淡蓝色的事
这乳白色的空气
是你分给我的馍
感谢你陪我
坐在荒诞热闹中
是希望我快乐

你伸出的手
干净的骨节
像豆荚里绿色的豌豆

豌豆公主揉揉惺忪睡眼
在雪天给人们送信
在镜片后凝视我
跟我蹦豆子

像你攥紧卑微的衣角
哪怕是最后一天
像你攥紧卑微的衣角
我还活着！
像你攥紧卑微的衣角
我还能微笑！
像你攥紧卑微的衣角

我还能对你说

新年快乐！

2010年1月1日

失眠

你轻轻一吹
我的白发
轻轻一吹
冬天又来啦

逃到哪个国度
犯的错
错过

一生 负水 愚蠢
你就继续吧
你
继续呆在冬天里

逃到哪个国度
哪个国度盛开的梦想
梦想下妖艳的爱

哪个国度
都盛不下的

妖艳的爱

逃吧
深蓝色的固执

逃吧
深蓝色的爱

2009年12月27日

迷宫

你的玩具熊造好了么？
长袜子皮皮的那只
已经
走掉了

扎着补丁的那只
玩具熊
在游乐场里
冲浪

你的玩具熊造好了么？
可是
红的绿的电线很难拧

在这迷宫之中
你到底理睬我没有
做一只玩具熊
纪念忧愁的夜晚

2009 年 12 月 19 日

101 次相亲

我不能装进
你的金缕玉衣里去
像麻将席连成的格子
它们在记账的铁栅栏后
拉长了脸等我

扑克牌里的女王和国王
用火烈鸟打高尔夫
断掉的琴弦飞扬的白色细丝
像扬起的带泪滴的下巴

每一天抡起技不如人的刺刀
扎向自己　放淋浴的时候不疼

每一天都跑去海边
看看有没有那只星星船
每一天都擦掉勇于攻击的空心人
躲避上了诅咒的发条

这个安慰
只是逃跑的罗拉
蝴蝶般的大衣
从书上变到你的身上
群魔乱舞的歌舞厅
依旧古今如一
绝望后的夜晚
再次绷直细长的鱼线

午夜深处
有另外的马
另外的叩着颤巍巍的窗的
深蓝梦境

2009年12月19日

安魂曲

一小片阿司匹林
灌溉一小支雏菊

她醒来
看见轻轨
在山城里漫游

大邑公馆的绿柚子下
商人们
在讨论支架

房管局里
种着扶桑

长肌肉的开发商
泡了一种
北欧红茶
末了
是一个电话

试探某个时差

当我看见你
露出石榴一般的牙齿
总有一天
是顺从的开始

一些人
把另一些人
埋葬到黑名单

冷冷的午后
你苍白地笑了
冷冷风
远处传来中国式的吊车叮咚

冷冷的午后
我就是王
妃嫔们寄居在
寂静大殿的
四周

2009 年 9 月 23 日

《昨夜下了濛濛雨》80 cm×60 cm 布面油画

边庐

1

纵情的瀑布
三千年前已经跌碎
而我
还在这里

你的左手和右手
已长满了茧巴

我们靠着墙
墙上长满琴键
这边地
烫着雪白的汤锅

酒精安放在白瓷瓶
像血红的过去
像你固执的嗓子

2

蓝色鸢尾草

以及太阳暴晒后的迷迭香
循着琐碎的脚步
停留在晃油光的黑木桌边上

你家有金色的秋千
像白发老人珍爱的草木
你很丰满
你有一个瘦弱的儿子

酒的香
以及安慰母亲的话
你很惊慌
像奔驰车里播放着的
高亢的
月亮之上

3

面对树皮和黄昏
你终于
不说话

边庐
夜晚
下雨啦

安静的几个人
像华西百年建筑里
住着的
那位很老的姑娘

2009 年 9 月 5 日

秘密花园

蓝花花枕头滑向地心
我们像荷叶
躺在大地上
风铃草扬起小脸
到处都有太阳的亲吻

夏天的午后
洛丽塔卷起裙子
抬起头
看着我

夏天的午后
我们有
风
有树
有男孩和女孩牵着手
走过的游泳池

五彩的宫殿

有少女和马

轻轻敲开一块砖
里面藏着
男孩的蜡笔和枪

男孩穿着格子衣裳
在巷子口张望

2009年8月12日

夜袭

优雅海盗和猫谈生意
试探的俳句落入水中
了解到唇的轮廓
在菊花和刀里相视一笑

冲入肚内的疼痛
纠结的褶皱
相和

铁血的　粉红的
薄纱
向上
飘

哪一支俳句
和一个
不屑的绝色女子
成行

或是未能成行
只是
肩膀暂时靠在一起

游戏不知疲倦
这次
雕像小姐
深埋在水里了
她昂起头
呼气
当深色火焰怀抱三脚的猫咪

2009年8月10日

苔丝

当毒果刺激到腹部
所有诅咒都应验
总有黑色斗笠的
在深夜划过胃肠的甬道
甬道曾经迷幻而丰盈

迷幻而丰盈的季节
再次有

新鲜的
挤牛奶的
姑娘
站在山岗上
纯洁的姑娘
面对死神微笑的姑娘
站在山岗上

2009 年 7 月 19 日

在病中

我想起
我们走过一段漫长
黑色石屑的隧道
你说了
伤害我的话
又吻我

我们爬上学校围墙
在那里运输洗脸盆和衣架
卖给不愿出宿舍的同学
栎树在我耳边

像金币一样闪烁
我们买了窗帘回家
夜雨打湿了我的长裙
我们买了斑驳翅膀的桌布
搭在夜晚公园的绿色三角洲
那细长船舷的筵席
夜莺奏响了焰火

你总是耐心地
在蓝色的走廊外等我
有时
你带我去吃火锅
你买光了老爷爷所有的花朵送我
我的小把戏
把我们匆匆碾过

当我们是年轻的帐篷
我们留下
疼痛的风景
在病中复活

那些让我们挣扎不起
未能成熟的种子
陪我们走过漫长的路

2009年7月19日

长相思

小白鸽
在远方灯塔的脖颈里睡着了
他的脖颈
细长　冰凉

她做了许多牢固的梦
却只能悄悄
衔一粒灯塔的石头
离开
种在僻静的海滩
结出一串串蓝色的呼吸

我闻到了
这凉丝丝的距离
像你胸膛镌刻的
疼痛而沉睡的花蕾
这花蕾几次三番
砸向我的眉间
梦里焦躁的南辕北辙的莲花
昼夜不停

在拥挤的脑海里轮回

像孩子一样撒谎
像孩子一样柔软

透明的雨天
透明的蜘蛛
在编织一个结实的网

白衣飘飘的骑士
名叫空心
喜欢吃空心菜

2009年7月1日

爱情 4

你用单调的眼睛
看我
觉得我像
这个单调的夏天
夏天
单调的一生

我知道你终将消失于
这深邃的黑色

你出生那天
是个死日
寂寞又黑色的一天
唯一用途是
埋葬和祭祀
温暖又缤纷的花朵
相拥而环绕

她们总会欢喜
这样的黑色

朋友们的孩子
在春天和夏天出世
爱情
在秋天和冬天死去

孤独者在山顶
享受星星
以及
疼痛的声音

2009年6月30日

长恨歌

大风吹
大风吹
只不过
辜负了
一个捂热的鸡蛋？

只不过辜负了
一只雪白的小熊？

大风
吹断了石头人的头
吹断了
一朵花的头
那一朵花
她只不过
是在恋着

2009 年 6 月 30 日

西安印象

1

独自一人
透过晶莹的机翼
那浓浓淡淡的小马的云
是我
喜悦的翅膀
渐渐远离痛苦抽丝的
景泰蓝云朵的悲伤

2

长乐路　未央路
唐时墙里的钟鼓楼
什么时代
漫漫远古
一个少年向我走来
少年从旧城到新城
从明眸到皓首

他的整个一生
奔波典当

划成灼热的一束
执拗的一束光
雁塔区的某一束光
似乎也是我的殿堂

3

透过各种各样的光
人们顽强地
把古代塔尖
搭在超市银行上方

高新区有后现代派雕塑点缀
不能直视的七十九号倒立婴儿
人群里还是站着姿态优雅的铁红肥马
老子孔子在路边花园下棋
而你捏着剩下的棋子谨慎游戏

4

叩问青马

凝视秦俑
梦归何处黄土情怀
少年一掷千金
化作华清池内舞剧一场
心许飞燕翩翩而去！

5

热腾腾的宽面细面长面短面
不管有没有辣椒
应和溜溜的醋
随处可见高挑婀娜的背影
惹人悬念
爱做小吃爱干净的回民安了家
你撕碎匀整虎斑的圆饼
在圆形的圈套里
克制　谦和　柔软

2009 年 6 月 30 日

城市熄灯了

城市熄灯后
我们潜入水底
童话起航了
洁白的帆
拂着脸颊

我是你的水藻
轻轻一摇
水波深处
青铜的岸
就有回声

月光像奶糖
星星和上了发条的小丑鱼
挤到我们身边
你躺在珍珠的篮子里
脸上泛起
婴儿的微笑
顺水飘飘

只有我俩知道
绿色的篮子
它停泊在哪一个
红色的码头

耳朵发芽了
就能听到
布鞋在坑坑洼洼的
石板上　　欢跳

揭开板砖
那下面藏着
多少秘密
你把歌
写在纸飞机上

你让我闭上眼睛
说
有一个梦
要放在我手心
萤火虫
像烟花一样绽放

亲爱的
文明
就快来了啊
我拾起
你兜里
掉落下来的
小石块

2007 年 6 月 1 日

屋外有桃花

有一天
孩子们老了
无疑是
提前懂得了生存

野兽不停歇的气息
长颈鹿改不掉要生长
它要吃高处的叶子

安宁是我的倾心
拒绝喷薄而出
长长短短的呼吸
屋外有桃花

秃鹫收紧喉咙
戾风照样穿过
冰冷的牙缝
我感到害怕
感到陌生

狂风裹着
小巷子里
二胡
声声

2007年4月2日

生存是一口棺材

阳光　空气　水

榨取体内

更多的

阳光　空气和水

2007 年 3 月 31 日

《少女的祈祷》150 cm×110 cm 布面丙烯

边塞

纯洁冲动地开满
干枯的树梢
但这只不过是
一个凋敝的冬天
又一个凋敝的冬天
无数个凋敝的冬天
风寻找它的口哨

那棵树流干了血
树皮上镶嵌
年少的病
冬天里举起了旗帜又放下
乌鸦怔怔地叫
不安地扇动翅膀

去边塞的隘口
马匹上挂满五彩的琉珞
马蹄踱着黄尘的路面

黄尘里冰凉的细砂
女孩唇边有了浅浅的绒毛
绿色禁闭的门向后退去

没完没了的水彩画
熟练的人们的吻
没有在离别的路上打结
写旧体诗的男人
在屋檐下
给了我一个拥抱
立体比平面短暂

分裂的雪山
无一例外
什么都是白色的记忆
被一场又一场大雪
覆盖

2007年2月8日

一点往事

小海参
捧着镂空的身体
忧郁地想
自己不能变成伞

海星们爬上沙滩
山那边下雨了
大雨
淹没了沉船
我们只剩下夜晚

2007年1月22日

田野

1

不要摇醒
石板上
那一茸青荇
谁
在那里
入神

看田野的麦苗
舞动纤细的手指
铅灰色的天
延伸很远
追赶平原深处
雪白的云片

田埂上
飘来怒放的花
妖冶的笑声
自顾自的
青蛙卖力地跳跃

颠簸滚圆的肚皮
还未成年
就退化了汗腺

跳棋一样的电塔
连缀线和杆
想都没想
就直指天

听麻色的布谷合奏
青青的稻海
揉碎我的耳朵
轻舔心的膜瓣

去哪儿寻呢

我
这样一颗
小小的绿麦

任凭

风儿
摘掉我

2

不要问
葡萄架上的小花
为何要
落入
你掀开的茶碗

留下她
紧闭的花萼
紫红色的紧闭哟

不掰开
那锯齿状
扎手的谜团

这一切的自然
一如你
执拗地

走在世人面前

3

微笑的是
田野
沉默的是
远山
天空永远是
眺望的姿态

田间的稻草人
摇着蒲扇

2006年6月17日

冰封的河流

那条冰封的河流下
有过很多银色的鱼
妖娆的脊背
疯狂地纠缠
咬噬你的新鲜

冰面上飘着
甜蜜的雪花

它们融化
像最初
你趴在我快要开走的车窗
不顾自己
扮演粘腻的橡皮糖

融化
在太阳底下
你的纸扇
忘记我的头顶
它们承载

浓墨重彩
曾经
你会思绪飞散

执着的先知
攀着常青藤
不去想
农夫和金鱼的对话
冰下的河流
什么都不会害怕

融化
在火山口边缘
隐藏梦话

坟墓快要合上
白玫瑰
争先恐后地
到来

2006 年 6 月 27 日

夏天

那块淡绿的荒地
不断地提醒
城市的窒息

公交车
不知疲倦
在热浪中
拖着火焰前行

高处轰鸣的空调
可以带你到
混乱的季节幻想
堆满纸张

那一代
叫娜娜的女孩
黑色涂满眼眶
支了烟各式各样的香
那个光头
有的点肥胖

在皮肤看得见的地方
挑三处刺青

你说夏天
加速了代谢
繁殖了心跳和紧张

你也明了
是我
我在等待
等待淡蓝月光

淡蓝月光
照耀绿色的荒地
萤火虫多么温柔

海水懒懒地
在沙滩上散步
鹅卵石是彩色水晶
没有等待
是静止

2006 年 7 月 19 日

江堤

没想到
记忆会扯开
扯成带毛边的图案
山影重叠江水
青春烘热的堤岸

数不清的江鸥
温柔地飞过
时光在长椅上流淌
安放着
两张年轻的脸

那些船也在
驶入淡蓝的冬天
秘密花园深处
它们是馨香的巢
清澈的心抱成树高擎

那枚图片
江堤的阳光淡暖

毛茸茸的边
恬静的雾不愿离开
温热了多久
湿了多少遍

2006 年 7 月 29 日

夏天的树叶

各种各样爱情的树叶
打着卷
从夏天爆落下来
砸在彩色砖的路面
我们踩着的
现代的
牢固的地面

所有的动物植物都在努力
抓紧各自的皮毛和年轮
声嘶力竭
一个夏天里
使劲撑开双眼

我
落下了
在最后面
拉开凌乱的抽屉
露出松懈的栖息地
你们的秩序

算计了那么久
总该会有
一个正常的秋天酣享？

我
落下了
在最后面

握不住一粒
缤纷的
世俗诺言
那些再也
寻不见踪迹的星星

夏天的树叶
打着卷掉下来
热得没有绝望
在深绿色的哀痛里徘徊

2006年7月29日

姐弟恋 2

英俊的小星星
等待他朴素的花
枯涩地抽芽

他甚至想到
她不会来
在很久以前
就不可能到来

隔了很长时间
他放了一只猫
在我脑门上嚎叫
他有的是时间
有是的优越的嘲弄
总抢了先

他甚至想到
剩下的季节
会缓缓拉上

怎样的窗帘
谁
又垂下
黑色的眼睑

2006年8月25日

入夜

公交车里
弥漫越来越浓的
灰色

灵魂
从一堵堵
裹紧的秋装里
蹿出
向不知名的地方
消散

一张张脸
摇摇晃晃
茫茫然
跌入
更暗的夜色

2

上来一群少女
青春是她们的
而你
戳破了
最后一个泡泡
尽是浸在
灰茫茫的暮色里

路边
甜粉的蓬蓬裙
挤在一起
夜总会上岗前
紧张的训诫
绞金的舞鞋
乖巧的一排又一排
三毛也有那样的一双?

3

你从屋里出来
坐上公交车
熙攘的人群

照样穿梭

没有一点改变

A 国的人成群地自杀

车厢晃进更黑的夜晚

2006 年 9 月 25 日

红高粱

你躺在那里
像一根红高粱
你是知道的

你不过是
普通的
高粱扫帚里的
一尾

曾经高高的红缨翎呢
耀眼的红壳粒
坚硬得象星星
石榴里玛瑙的眼睛

如今它们
像干瘪的乌梅
空洞地仰面
你是知道的
苍白的脸并不慌张

你不去想
只是面对着时光
时光碾过苍白的肉体
碾过苍白的红高粱

2006年10月22日

灯盏

瘦削的尖头蛇
裹着塑料布逃走
它说它来自寒冷
屋后的花忘了吐蕊

戏台上喧闹起来
红男绿女寻死觅活
母亲挑一盏蒙纱灯
细碎的暖光只是粗砺

你拎着幽香
说你
等我
我不知道
那碧绿荷包里
藏着什么

橙色的灯光
是你的脉脉
将两个身影

照耀得最宽阔

你执我的手
像眉间的痣
不会移挪
虽然肆虐的香烟
还在包裹

雪藏的酒坛里
酿着你的害羞
再拿出来时
我们
拥着什么

2006年11月22日

《彩色稻田》30 cm×40 cm 布面油画

在医院中

夏天的傍晚
就要下雨
医院大厅
苏来水的张力刺鼻
四处的风
吹得光光的手臂
凉凉的

电梯里
一个青衣姑娘
结着葡萄样的泪滴
未能冻僵
一旁的格子衬衣
无事的笑靥
镀着虚弱的细丝

夏天的傍晚
医院的屋檐
就要落雨

光光的手臂
凉凉的
一个病态的孩子
写满倦意

2006年5月24日

青蛙公主

隐形镜片卡住
布满血丝的眼球
昨夜大雨
涨过

没有人
吻
青蛙公主
发紧的喉头

墙上的大笨钟
还是
要走　要走

轻轻的手
敲不开眼眸
捋捋
自己的钮扣

2006年5月25日

小北极熊

下雨了
小北极熊
把自己
裹得更紧
用透明的叶子

钓每一条鱼
它们那么美丽
爱斯基摩人
听不到
它薄薄的呼吸

湖面上
结满了饥饿的镜子
一个连着一个
冷风斜雨
肚皮干瘪
而哭泣呢
它胡子拉碴
上面结满冰碴

2006 年 5 月 26 日

帷幕落下

帷幕落下
黑色的金丝绒
连卡西莫多都溜走
他扮演小丑
养家糊口

帷幕落下
黑色的金丝绒
夏天傍晚的天空
蝴蝶抖动
更大的翅膀

潮湿的气息
淹没她的肩头
她把心收拢
听不见节奏
也没有变成蛹

远处的摩天大楼
放射状结构

夕阳
赖在玻璃窗上
害羞

遗忘缝补的
那个缺口
它的细密针脚
比不上坚强
大地留下的一颗糖

云雀在天空
自由飞翔
渐渐远去
发梢上的小鸟
它一路欢唱

渐渐远去
它羽毛飞扬
渐渐远去
觅它的归巢

善良的鲈鱼
不擦拭记忆

那高贵的银器
把悲伤
沉在大海深处
蓝色巨石心底

城市上空
总是漂浮着
它们的尸体
猎人读不出
它们
眼角的诗句

2006年5月27日

家住成温立交桥边

长明灯啊长明灯
你能不能安静一会儿
你穿透高楼的钢筋
昼夜晃得我头晕
孩子们多想看看
没有人工滤光的夜晚美景

立交桥啊立交桥
你能不能安静一会儿
夜夜不停汽车飞奔
锲而不舍磨你的长刃
人们已听不清
彼此温柔耳语的声音

定时轰鸣的飞机啊飞机
你能不能安静一会儿
多希望你
会迷航
在每个
原本静谧的清晨

莱茵河歌城啊歌城
你能不能安静一会儿
人们需要按捺
他们的灵魂
在你最初的港口撑一支长蒿
拨开记忆中的迷濛梦境

21 世纪初的中国诗歌啊诗歌
你能不能安静一会儿
等一等
再说丧心病狂的那个类群
说血肉模糊的死去的孩子
说那堆虚弱潮湿的黑色废墟
等一等

大地累了
海洋累了
森林累了
小鹿累了
群山累了
天空累了
累极了

我们需要
一片干净的田野
重新生长
一块结实的面包
不靠乞讨
一个彩色的秋千
静静端详
一个六一
每天珍藏

2006年5月29日

老去 2

我看见
你的脑干
像你
干果一样的脸
沟壑爬满壁沿
小径连缀虫眼

你的眼睛
很干

剥落
鱼子一片

2006 年 5 月 31 日

每一天

每一天
是大大小小的
格子
边缘透明柔软

它张着嘴
咬住你
让你填满

噢　填满

填满就好了
填满
堵住遥远

2006年6月1日

无常 2 号

人未至　浪先涌
情未至　泪先流

物已残　意阑珊
季已移　思逸远

事已空　兴薄淡
时已逝　心凋残

2006 年 6 月 9 日

盔甲仙子

你来的那天
半个红红的月亮
出来
冒险岛上绿色的仙人掌
若隐若现
海底林立的海参
呼出长长的气泡

慌忙的苏打水
凝结在
冷一些的玻璃杯底
没有理会
安静的形而上植物
缓慢的思考
洁白蜗牛
爬过汽车霸道的盾面

留下无奈的
腥湿痕迹

又是一天
你牵着马
从赛道出来
遇见穿盔甲的仙子

你不能谅解
仙子匆忙赶制的
盔甲面罩
不能谅解
面罩下冒出的疹子

你是一个赛车手
不能忍受
一个带面罩的仙子
偶尔
残损的脸颊

2009 年 5 月 13 日

十个金币

绿色村庄
睡在星星下面
抱紧红辣椒
她轻薄的身体

王子
坐在路边的树桩上
给了我十个金币
王子
关掉心爱的音乐
听我喃呢

垂下头发
为我披上王冠
整个森林都在震颤

塞给我

魔方　游戏机　变形金刚
月亮下　白马
是我们的宇宙飞船

整个森林都在震颤
为了流星划过的瞬间
一百只鸟孵化这十只金蛋
或许只是等待
春天来临前
一场大雨轻叩容颜

童话里的雪花
纷纷扬扬
白雪
跟公主一样漂亮

2008年2月2日

浣熊

偶人们漂浮在水面上
像每次看镜中
自己漂浮的脸庞
樱红嘴唇

飘雪的早上
你气质出众
苍白脸庞
樱红嘴唇

远处树影里
阶梯教室
你说到破碎——
银匙敲击白瓷盘

和尚来到酒吧
捻起佛珠
隔壁讨论生意的声音渐渐小了

香菜　柠檬　雪梨　牛排
诡异的菠萝
气质出众

顶端　漩涡
带伤的鳗鱼
含着枯蔓藤

浣熊
只吃麦芽糖的浣熊
麦芽糖般的微笑
蘸糖的手指
再也藏不住
微笑地舔舔嘴巴

2008年2月1日

雪人

姑姑
围着红头巾
站在雪地里
怀里的篮子沉甸甸

她也曾是
那个
闻梅的小丫头
低头咬紧嘴唇

雪洒满整个山坡
风一吹
满山翅膀
熠熠发光

每一个早晨
都是一地眼泪

到哪儿去找
雪人的眼睛

情人们靠拢的双手
小狗在路边舔食
画家
收起他的画架
天黑了
飘舞的雪花

2008年2月1日

少女的祈祷 2　110 cm × 170 cm 布面油画

两个未婚大龄女青年

打拳的打拳
画画的画画
公园又一年的菊花
伸长脖子
吐出细长的蛛丝
是冷香

我们
坐在大石头上
有一些凉

很多年后
我们两个
会像这墙根下

此刻
开满菊花的墙根下
一个胖的太婆和一个瘦的太婆
谈男人
谈男人把绳子

套在自己脖子上
又套在我们脖子上

门槛边有泥土
土里会长出灵芝
灵芝披着雨露
像有的时候
会有男人
请我们
看昂贵的电影

喝春天的咖啡
琉璃大厅

挂着怪异的鹦鹉
幻美的少男少女
弹着钢琴
摇摇身体
唱起欧美歌曲

2008年1月4日

爱情 2

童话尚在
宫殿尚在
白雪公主尚在

桃花
哪一朵
采下去
都是空荡荡

信徒
与国王无关
国王
与爱情无关

青春常在的
爱情
是风雨
却给了
幼嫩的王子

和无知的公主

你
是一个
大而虚的构架
明晃晃的触须

明晃晃的触须
使我忧郁

2008年1月4日

海没有来

绿的红的珊瑚
是你衔来的么
围成火焰的一圈
热闹的人们
谈笑　喝酒　打牌

还像我幼年
我站在圈外

永远是
我在人群外
而你
在里面

我只是
一种植物
一种花
根

长在自己心上

飞翔的大鸟
高高地转过头
眼睛
再次望向别处
像最初在人群中
那么锐利地
找到我

海　我听到了
它铺天盖地的声音
海还是没有来

2007年12月31日

和摄友去看芦苇

人们牵挂
郊外的
芦苇　堤坝　鹅卵石

人们牵挂
抬新娘的轿子
红帘下的喧哗

人们牵挂
天空和飞鸟的幸福
洁白的墙根　金属的饭厅

人们牵挂
风一吹
草籽
粘在自己的裤子上

你的腮帮
结满冰碴

像鹅卵石上的粉末和花
你说过的话

芦苇荡
伸开柔软的胳膊
紫色的断肠草不说话
雕花栏杆划出桨声
陈年的杯子盛着琥珀茶

无非是
新鲜的女模特戴着鸭舌帽
四肢修长
马裤　香烟
头发里嫁接着别人的头发

我坐在你的车里
你开着车
不语
拼命向后退去的
眩晕的街灯

偶尔月亮出来
我们炽烈地说着话

是忧伤
还是昏黄的灯光

2007年12月12日

天使

你一抬头
他就在那儿
若无其事地飞
啪啦啪啦

游侠们穿过树林
投下些许光影
要多少细节来完成
破碎的云
羽化的蓝天

往来栖息的魂魄
土地的颗粒
摩挲着
将闭未闭
奇怪的叶片
你想着谁
曾卧轨自杀
火车轨道

洁白如象牙
你躺在上面
悄无声息
红着脸微笑

他们
正忙着
把一堆柴火
放在
另一堆柴火上

虚化了背景
释放空间
擦亮的镜头
睁开双眼

拨开蒿草丛
寻到它
淡白色的呼吸
盈盈一握
便是
如水的年华

2007年8月19日

刀锋

那场大火后
他就没有醒来
黑色的莲蓬
开满洁白的墙垣
挤挤挨挨

结痂的地方
像拉链一样密合
挤出些许气泡
气泡应该贴紧
崭新的生铁内侧

磨刀也需要勇气
懦弱的推延
他早已经失去光阴
梦魇里雪亮的刀面
蓦然照见
自己紧缩成的一团
总有阳光照耀旧园

落寞帝国织成迷雾
谁在那儿
擦拭毒汁
一遍又一遍
皴裂的枝桠告诉我
躯壳想要的某种完满

像你告诉我
幼年你见到的那枚
橙色的飞船
没有人信
你一个人
在柑桔林里呼喊

2006年12月23日

黑屋子

虚弱的叶片
覆盖假设的阳光
窗台的仙人球
那么扎手
一堆废弃电玩
没拔插头
安静地流过电流

这一隅
便是你的全部了
你深掩的
那间
黑屋子
没有出现在你的梦里
梦里
全是疲惫变质的呓语

清晨
你总抛掉这些

挣扎着挤上另一个世界
它们带着你走

你不知道
哪天
会倒下
哪天
骨髓里幼小的细胞会爆炸
哪天
会遇到她

哪天
这一切的奔忙
终会结束

黑屋子在哪里
找到它

2006年11月16日

两个太阳

两个太阳
倾泻
橙色光芒

两个太阳
相视一笑

他们照耀过
山村　小河和土壤
枯树　繁花和嫩草
坟墓　鼠窝和磨坊

谁也不知道
两个太阳
交溶会是
怎样

2006年7月23日

惜春

三月的阳光下
黄茸茸的小生灵
振动
小小透明翅膀
一个又一个

吮着
粉红的花蕊
动情地

2006年7月23日

遇见春天

他偏要
含着
那一粒红豆

把所有人的忠告
抛在脑后
不管有刺或是毒酒
心醉还是发抖

向自己未续的青春
化作夸父奔跑

颤栗　癫狂　涅磐
再生　死亡　嘶吼

他闻到了
梵高的向日葵

种下了一株又一株
尼采的佳树

月明时分
迷茫的眼睛
淡进
又
淡出

2006年7月23日

狮身人面像

精神的莲花
漂浮在墨蓝的水面
水流湍急
乌蓝蓝
絮状
浑浊的流水

有的
半开着

有的
坠入
墨蓝的
水底

有的

随水
漂移

黑天鹅

恋上
水中的倒影
致命的倾心

纯黑羽毛
洁白肌肤

拥向水面
就消失

2006 年 7 月 23 日

水晶·淡言

纵使你的脸
沾满尘埃

如苔藓上
细密的露珠
我听到你
与我耳语

鲜红誓言如
光滑圆润的红豆

开了芽的
你会去完成

绿茸卷耳
你会看到

我们去完成

2016 年 4 月 9 日

《彼岸花》80 cm×120 cm 布面油画

水晶·茫沙

我们坐在灰蒙蒙的看台上
冬日寂静无人的小操场
斑驳掉落的石灰围栏
灰黑圈晕
像江边涌出的无尽泡沫
江鸥低垂飞行

我有时午后一个人

去学校后面那片
四周拆掉的瓦砾堆

等你来

我们一起踩在瓦砾堆上

我出发得很早

曾经以为江鸥是奋力翱翔的

以为它们能
飞到天的另一边

曾以为我相反的动作

能证明什么
曾以为这很特别

以为你写的三生
照亮无知的暗夜

大风塞住我的呼喊

茫茫沙

祈祷你不是酸楚的泪

我会陪你

我的热血为你耗尽

茫茫沙

我的气力

为你搭建城堡

2016 年 3 月 18 日

东荻

烧成灰烬的笼子
你轻轻一挥
洒下
大雨
大雪

金色的眸子
你的发
你的唇
摸摸孩子们的小脸

今夜
我点燃了草纸
天堂里不要有痛苦

美丽的
金丝鸟的童话
孩子们还相信
东边有好运气

臃肿的眼袋
我什么都没有
我只有我的唾沫
可以喂养你

那一卷草席
但愿变成温暖的宫殿
日日夜夜
我心守护

你是透明的
一滴雪
一滴泪
一朵海的女儿

我不知道
校门口卖桔子的老太太
为什么要把我选好的桔子
悄悄换成坏的

我不知道
我们挑选的一条蝴蝶结裤子
为何就再也不在了

我不知道
是什么
把你给变没了

东荻
懂你

你说你和我一样
在阴雨天等你出现

低矮的房屋下面
你会出现

2016年2月5日

水晶·梓桐

愿你超离无间
和煦日光
抚摸你刺刺的短发

你的手臂
像参天的剑和戟
叶片如木兰花开

你呼吸清风
如誓言实现

你在崖壁上长着
倔强不屈
我相信你
只是短暂的迷失
如你相信我
会握着你的手

虔诚拜谒四方
如诚挚莲花

You are not alone

I'm here with you

2016 年 3 月 15 日

水晶

密密树林里
我坐在宿舍后的山坡上看书
你知道 我沒有了力气
露水把纸巾打湿

好多次
你提醒我
穿红绿衣袍的
站成两排
我会站在中间

哭泣

于世瞩目之中
我会哭泣
你给我讲的电影
你给我唱的歌
你给我系的黄丝带

安好的棋子

缜密稳固
这烫脚的城市
清风用唇读着

我虔诚地叩首
你会来到我们中间
我们中间

2016年3月8日

小酒馆

维也纳森林里
她也
辨不清
东西

她
只在意
印象派的叶片
是否
黯紫　墨绿　深赭　汀蓝
弥漫
夏夜雨林的气息

地藏的谦和与富矿
兔子的匆忙与诡笑
波特莱尔的风
从西海岸
吹过
东海岸

她
不是不懂
桃红色的粉末

撒向
每个角落
每个夜晚

那又怎样

只有小疯子
缩在高脚椅上
对着璀璨的镜子
傻笑

最纯净的一滴
她杯子里
不是酒
是
白开水

2006年4月25日

蚂蚁之城

1

幻美的泡泡呀
天堂的色泽
无限的泡泡呀
甜蜜的你
叫什么名字?

泡泡
飘呀飘
衔来我们的梦境
飘呀飘
载着我们的幽思

幻美的泡泡呀
你
叫什么名字?

2

泡泡
飘呀飘
飘呀飘

据说
蚂蚁是群居
千千万万只
密密麻麻
挤在城里
忙忙碌碌
爬来爬去

可左撇子的那只
总被归为叛逆
它总等不急
它要争吵辩析

但不愿听孤单心跳
激愤后
又逼自己
堆满笑靥

可不知
怎的
还是
跟丢了
队伍

3

泡泡
飘呀飘
泡泡
飘呀飘

谁都已知
蚂蚁是大力士
能举起
庞大的物体
重量远远超过自己
泡泡
飘呀飘
泡泡
飘呀飘

泡泡灭了
黑色粉末
覆盖整个城市

4

我想我
的确是个
疯子

月夜
总听到
孤单的那只
哀鸣

早晨惊醒
更是要命
蚂蚁
它一口一口咬噬
我理性的神经

5

那一只
小蚂蚁
也许会有
传奇
那一只
流浪的蚂蚁
像迪士尼的

那一只
肩头扛一条树枝
树枝的一头
挂一包行囊
干瘪的行囊

2006 年 4 月 21 日

写给天堂的孩子

1

过道里
还放着你的轮椅

入夜
空空荡荡的教学楼
我一个人
逃到办公室的
一隅
佯装忙些
叫作忘却的
事情

夜晚的风
穿越三楼的通道
轻轻掠过
你的轮椅
呜呜呜
呜呜呜

2

我不曾害怕
只是忧伤
我想
那是你

我不曾认识你
也不曾教过你一天
你也许
没在意
哪一个
瘦小的老师

是我
我想
那是你

你仰着笑脸
对你的婕老师说
明天
要转移到大医院
明天

一切都会好起来
明天
……

3

过道里
只剩下
一个轮椅
空空荡荡的
轮椅

我和你的
婕老师
只能
掩泪唏嘘

孩子
天堂里
可以好好学习
用时还不必变异
和天使们游戏

要问多少问题
有耐烦女神答疑
弄断多少画笔
终于没有人
责备你

4

担心
夜夜流泪
不敢
默念你们的
名字

但是
孩子

我虽是
成人的形骸
我
不像他们
他们

做过的错事
每次都跪求原谅
要放过自己

在天堂里
你们
会看见
我
在人间
那般站立

用耶稣的十字刑钉
炮烙自己
用罪愆
照亮身体
燃烧至灰烬

5

孩子
等着我
我会来
我

不像他们
我
说话算数

孩子
等着我
我会来

看你们
纯真的笑靥
听你们
牙牙学语
谁都不许
哭泣

6

孩子
城市里
再没有了花儿
无花可葬
竟比黛玉凄凉

你们的父母

也早已

把你们遗忘

孩子

我要种下

一朵又一朵

阳光　绿茵　天蓝　甜饼和玩具

盛开一片又一片

可心　清风　愉逸　怡情和惬意

玉阁琼池的无忧山

你们想要的

任何乐园

你们来看啊

你们来采摘

为你们我种下

一朵又一朵

为你

孩子

2006 年 4 月 21 日

在春天活过来

在春天活过来
在春天活过来

她找寻到最后
只看见
自己的倒影

黑色的
倒影
死寂的
倒影
永远分离的
倒影

2006 年 4 月 19 日

春天里的石斑鱼

1

她
轻盈小巧地
掠过窗台
窗台边
枕着
她
飞扬抑或
跌落的
旧梦

春天的海底
有太多的鱼
同类
撕咬她的
绚丽
异类
在所有出路里
塞满沙砾
水里

轻摇的
碧绿鲜血
丝丝缕缕
陪伴她的
形单影支

石斑鱼
摇摇尾巴
逃离

2
猫
永远
是那只

幼年的冬天
拎它的尾巴
燃烧在火炉里
那时她
残忍地
不明白

生灵的惨叫

原来是
自己

3
无限的
灵的
苦痛

点点滴滴
分分秒秒

刺痛肉体的
神经末梢

4
石斑鱼只能活一次
在春天里

石斑鱼生命
只有一季

2006年4月18日

初识莲华

1

萧瑟的

雕塑家

从不嫌弃

自己

木匠出身

很久很久以前的

阳光下

他

慢慢吞吞

刨着木花

木屑

飞溅四壁

安安静静

听他说话

2

瘦长的

紧身衣
勒一条
杀手的冷酷
与孤独

他
铸一身
自己
一尊青黑的建筑
非今非古
闪烁
熟蝎芒锋的壳骷
蝙蝠扑腾而过

很多年
人们误以为魔域
慌忙拜谒逃逸

3

有一天
那个负伤的
精灵

兼作疯子的
女孩
掀开了
那扇
古旧沉重的
门

一派春天的景象
古希腊的太阳
照耀在震旦的
喜马拉雅山上
敦煌的仙女
飞进飞出
老庄孔孟
魏晋狂生
李白杜甫屈原
……
我中国的可爱
还有我的
柳如是

他们如云般
在陶渊明的东篱下

喝着茶
赏着兰花

4

小疯子
只顾和可爱们
说着童话
忘记了看他

永不生气的
他
幽幽
吞吐莲花
竟是
阵阵
檀木香气

轻轻
摇曳琴心
清风里
他抱着一把
木吉他

5

春天
偶尔发几枝
曼佗罗青藤
咯吱了
天空

端端
被剪掉

像极了
和尚头顶
齐齐圆圆
的戒疤

2006年4月9日

哪一片云，哪一片云

1

你
半明半昧的
眼睛
眼里飘浮的
朵朵云彩
不再坚定的
呼出的气

因为你知道的
我们来时的路
短暂的花蕾
初初一季的
最美
支离的虚空
以及破碎
在这虚幻城市中
我只是风
炽烈地拥紧你

你
不再挣扎
也不再在意
风
往哪个方向吹

你住在天上
云朵
终会
把你带走

2

在乡村
有人住的田野

或是
草原
森林
大海的上空
那上面的云
会飘得
慢一些

3

哪一片云
哪一片云
你
我
我们
住在哪一片云?

疲惫的你
不再追寻

每次
孩子气
就希望
你
不管不顾地吻
盖住我的唇
当我
疑惑或是
追问

2006年4月5日

惜春 2

初春的
夕阳下
老园丁
用颤抖的目光
轻抚
他的花

不管
他们
是否
藏在地下

园丁
总记得
每一朵花
每个路径
的模样

不管

哪一朵
是残损的枯黄

都是
他的依偎
他的
遐想

2006年3月30日

姐弟恋

止不住的花开
雪白的花茎

有的绯红
有的淡粉
有的暗紫

你深情地
醉
夏夜里
你用
清新的
肺
深呼吸
一次又一次
花儿总
谢了
用最短的生命

有名字的
没名字的
想要沉入土里的
葬在
风中

2006年3月30日

美人鱼

因为
你是
一条
美人鱼
且坚定不移

就
应该
有
那样的结局？

望着
海市蜃宫里的王子
那么近
那么近
那么近
那么近
却不能言语

王子
永不能察觉
当他
那么
欢愉

泡沫一遇现实
像
骷髅
遇着空气
消失得
没有踪迹

2006年3月30日

《美人鱼》68 cm × 80 cm 布面油画

流浪歌手

你
在
流浪

流浪

青春的
脸庞
闪烁着
尘土
和
泪光

2006年3月30日

春

1

青春　引诱　交配
糜烂　抽搐　死亡
涨红的唇
湿润的鼻息

暗夜
角落里
静静盛开的
一朵
英俊梅毒花

毛毛熊外套下
狰狞面孔

2

终于安静了

静
夜

这
就是
你要的

我的寂静

3

花儿
凝固了

痛
凝固了

你
选择了
残缺
我
选择了
破碎

2006年3月21日

迷失森林的孩子

她
迷失在
森林里
雾霭重重

你的心
是一粒
小小树籽

不知道
什么时候
被大风
刮走

也许
会长成
绿色的树冠
栖息无数
五色鸟

也许
错过春天
在悬崖边上
灰色的
叹息

2006年3月11日

忧伤

一个
瘦削的女孩
面孔扁平

在落满树叶的
校园里
缓缓地
走

若有若无地
清唱

2006 年 3 月 7 日

春天是黑色的口哨

春天是
黑色的
瞎子
吹响的口哨

忧伤
从来不会
被冬天
冻住

在三月里
扎得眼睛
又冷
又痛

2006 年 3 月 5 日

泥土下的干花

有了褶皱
你
再也不能
等待春天

是谁的
木乃伊
在撕扯自己

静冽地
喃喃呓语

是谁
眼睛
在巴望里枯涩
是谁
含着
果核的尖
被刺痛

泥土下的花
你
为什么
要撩我心扉

你
总会
开放
在褶皱里
在迷宫一样的路径
在每个我不知名的日夜

泥土下的花
谁在期待你
如你所期待的

你
在枯水的冬季
寂寂开放
在黑暗的泥里
在呼啸的风里
在脆弱的孤独里
在谁
凝固的血泪里

在谁
盼不到的
绝望里
在谁
旷渺的
悲悯里

2006年2月11日

生锈的冒险

我牵着骆驼
疲惫不堪
手里仍拿着那片无字的羊皮地图
穿过不眨眼的黑夜
以及人们所行走的白昼
路过刨土的蚯蚓
离家的僧人
散落地心的桃花

松树剥了皮
让我很不习惯
充饥的大柚子又干又涩
又干又涩的河流像柚子皮
不紧不慢的摇动
不紧不慢的拉扯

清晨的墓地里
少女在寂寞地歌唱
纤细的小腿

覆着蛛丝般的灰色的薄袜

这是一场生锈的冒险
船身粘满了青苔和牡蛎
我有时是一只不想被人打搅的北极熊
当大雪沾满我柔软皮毛的时候
当站在风中的时候
当我不想被人看出在思考的时候
我是一只
人们所说的
脱离实际的北极熊

2009年3月7日

学术论文

孩子们夭折了
而我们还活着

我们活着
我们活着做皇冠的梦
皇冠兴许靠着几分继承

你的梦
你苦涩的果子

有时候
你站在寒夜风里
喉咙像久烤的炭火

寒夜的炭火被青年们围着
当青年们拥有了声东击西的本领
仿佛看不见
邪恶的预言家
有时候
有春雷炸响

像青绒的椰球
散落天空的流星锤

电视依旧有新的连续剧
新的主角
丑的 美的
叫做不同名字的
写着学术论文的年轻姑娘

她落下的名字
会变成
年老的母亲的名字
年老的母亲
居住在蓝色的谷地

年老的母亲
坐在金色的阳台上
等着她的儿子回来
给她读诗

2009年3月22日

可爱的摄影

我只能暂时想象
楼下灰色的
华西医学院落
变成你 QQ 上的讯息
三亚海上漂浮的
游船　白帆
泡沫的漩涡
我只能暂时想象

业余摄影师在菲律宾
橙色水母的果冻般水域里嬉戏
半只身子潜入水中
拍下面露坏笑的短吻柠檬鲨

满脸胡茬的吉他手
躺在三亚的沙滩上坏笑
吉他手像那个
巨石上跳来跳去的摄影师
满脸胡茬

身体里有一粒子弹做伴的 michel
冒死偷拍塔利班的队伍
和挂着相机的猫
相撞的猫在跳舞

站在巨浪前拍摄深蓝的内部
一排露眼睛的三角白面罩
在燃烧的十字架后面领悟

面包山谷　西兰花的树
洋葱　大蒜　是升空的热气球
鱼头穿上衣服
可以拍成医生在手术

哲学系的台湾女歌手
不停地唱新歌
去到新鲜的地方
我的楼下
灰色的华西医学院落
只有
更绿一点的　梧桐树

蠢蠢欲动的困惑

何时 才有防水的徕卡一部
像公园里
抢劫管理员相机的鼹鼠
花钱没有痛楚

2009年3月23日

《木兰花开》110 cm×170 cm 布面油画

麻烦

利爪的小松鼠
在枞树里用板栗制造陷阱
板栗底端的小毛刺
让头皮密密麻麻的突起

你从草香弥漫的午睡中惊起
忘记手中紧握的琥珀泪滴
松鼠粉红而新生的叫声
像白鹅头顶的隆起
粉红而新生的叫声
像幼嫩的丘比特的嘲笑
柔顺的毛皮总藏着虱子

满头发痒却不能清洗入睡的夜晚
人们在隔壁的屋子里
围着筵席
争着像马戏团一样表演

2009年3月7日

新工作

贝壳竖起金色的齿轮
金色的刺
浑然不觉　浑然不觉
复杂的手
托着婴儿的我
使我不致沉入水底
挤压我　挤压婴儿的我

我知道
看见海那天将是个荒唐的场面
婴儿的我　愚蠢　罪恶
混乱而庄严的水堵住我
我不能言语　不能言语
一张嘴就呼吸到泡沫和沙土

脱水的骨头变苦
海的左边
有两座城市
右边有三座

数字　有它神秘的涵义

神的悲观主义者割脉自杀

像偶尔城市上空傍晚结着的橘红

2008年6月8日

自由不过不是奴隶

回到那个时刻
小山坡上
那团乳白色可以像
荆棘
笞打我十二月的皮肉
几万个日夜的内脏
只是提醒我
你的存在

是什么
挤掉了
我送给你的
白色的手表

孩子们于是后来

记得血腥的味道
涂在整个墙上

我不知道那是反抗
还是让你蒙羞
像是真的自由了一样
昨天今天明天
半步都不能走动的夜晚

小时候
把绿色的
飘雪花的水晶宫玩具
颠过来倒过去

你不知道你是反抗
还是让我蒙羞

像是真的幸福了一样

水晶宫玩具里的世界
颠过来倒过去
是为了让里面的
雪花飞舞
像是真的自由了一样

2016年1月25日

全部的幸福

流星划过马的脊背
风穿过断肠草
太长的叹息

固定的时间
我们坐在油腻腻的桌子边
面鱼滑入油锅

胖月亮
一定在那排房子后
找它的人迷路了

败落的将军
对着城堡

还在胡言乱语
月亮后噬血的面孔

海贝般的女人
镶嵌在岩页里

她们白茫茫的呼唤

太阳落山前
他要捕获一头鹿
献给母亲

天黑前　箭袋已空
额头的淤伤
像小树叶上的脉搏

天黑前
他全部的幸福

2008年2月2日

倒数

送信人还没回来
红的黑的裁判
也许
是个纯净的尽头
如最初
生发绚丽枝条
冷的灰烬

兀者　支离者
我看见你的眸子
它金色的橄榄
挂在异处的山峦
山峦下你安息的肢体
你的河流
柔弱绵长

浓淡相倾
那没来由的哭泣

我撞上了
我不熟悉的
熟悉你的空气
就撞了撞
那柔弱的肩膀

柔弱的肩膀
和三千里江山

2009年10月23日